하늘과 바람과 별과 시

이음문고

목차

——————— I ———————

──────── Ⅱ ────────

Ⅲ

———————— Ⅳ ————————

서 시

죽는 날까지 하늘을 우러러
한 점 부끄럼이 없기를,
잎새에 이는 바람에도
나는 괴로워했다.
별을 노래하는 마음으로
모든 죽어가는 것을 사랑해야지.
그리고 나한테 주어진 길을
걸어가야겠다.

오늘 밤에도 별이 바람에 스치운다.

I

자화상

산모퉁이를 돌아 논가 외딴 우물을 홀로 찾아가선
가만히 들여다봅니다.

우물 속에는 달이 밝고 구름이 흐르고 하늘이
펼치고 파아란 바람이 불고 가을이 있습니다.

그리고 한 사나이가 있습니다.
어쩐지 그 사나이가 미워져 돌아갑니다.

돌아가다 생각하니 그 사나이가 가엾서집니다.
도로 가 들여다보니 사나이는 그대로 있습니다.

다시 그 사나이가 미워져 돌아갑니다.
돌아가다 생각하니 그 사나이가 그리워집니다.

우물 속에는 달이 밝고 구름이 흐르고 하늘이
펼치고 파아란 바람이 불고 가을이 있고
추억처럼 사나이가 있습니다.

소 년

여기저기서 단풍잎 같은 슬픈 가을이 뚝뚝 떨어진다.
단풍잎 떨어져 나온 자리마다 봄을 마련해놓고 나뭇
가지 우에 하늘이 펼쳐있다. 가만히 하늘을 들여다보
려면 눈섭에 파란 물감이 든다. 두 손으로 따뜻한 볼
을 쓰어보면 손바닥에도 파란 물감이 묻어난다. 다시
손바닥을 들여다본다. 손금에는 맑은 강물이 흐르고,
맑은 강물이 흐르고, 강물 속에는 사랑처럼 슬픈 얼
골——아름다운 순이의 얼골이 어린다. 소년은 황홀
히 눈을 감어본다. 그래도 맑은 강물은 흘러 사랑처
럼 슬픈 얼골——아름다운 순이의 얼골은 어린다.

눈 오는 지도 地圖

순이가 떠난다는 아침에 말 못할 마음으로 함박눈이
나려, 슬픈 것처럼 창밖에 아득히 깔린 지도 우에 덮
인다. 방 안을 돌아다보아야 아무도 없다. 벽과 천정
이 하얗다. 방 안에까지 눈이 나리는 것일까, 정말 너
는 잃어버린 역사처럼 홀홀이 가는 것이냐, 떠나기
전에 일러둘 말이 있든 것을 편지를 써서도 네가 가
는 곳을 몰라 어느 거리, 어느 마을, 어느 지붕 밑, 너
는 내 마음속에만 남아있는 것이냐, 네 쪼고만 발자
욱을 눈이 자꼬 나려 덮여 따라갈 수도 없다. 눈이 녹
으면 남은 발자욱 자리마다 꽃이 피리니 꽃 사이로
발자욱을 찾어 나서면 일 년 열두 달 하냥 내 마음에
는 눈이 나리리라.

돌아와 보는 밤

세상으로부터 돌아오듯이 이제 내 좁은 방에 돌아와 불을 끄옵니다. 불을 켜두는 것은 너무나 피로롭은 일이옵니다. 그것은 낮의 연장이옵기에 ——

이제 창을 열어 공기를 바꾸어 들어야 할 텐데 밖을 가만히 내다보아야 방 안과 같이 어두어 꼭 세상 같은데 비를 맞고 오든 길이 그대로 비 속에 젖어있사옵니다.

하로의 울분을 씻을 바 없어 가만히 눈을 감으면 마음속으로 흐르는 소리, 이제 사상이 능금처럼 저절로 익어가옵니다.

병 원

살구나무 그늘로 얼골을 가리고, 병원 뒤뜰에 누어, 젊은 여자가 흰옷 아래로 하얀 다리를 드러내놓고 일광욕을 한다. 한나절이 기울도록 가슴을 앓는다는 이 여자를 찾어오는 이, 나비 한 마리도 없다. 슬프지도 않은 살구나무 가지에는 바람조차 없다.

나도 모를 아픔을 오래 참다 처음으로 이곳에 찾어왔다. 그러나 나의 늙은 의사는 젊은이의 병을 모른다. 나한테는 병이 없다고 한다. 이 지나친 시련, 이 지나친 피로, 나는 성내서는 안 된다.

여자는 자리에서 일어나 옷깃을 여미고 화단에서 금잔화 한 포기를 따 가슴에 꽂고 병실 안으로 사라진다. 나는 그 여자의 건강이——아니 내 건강도 속히 회복되기를 바라며 그가 누었든 자리에 누어본다.

간판 없는 거리

정거장 푸랩폼에
나렸을 때 아무도 없어,

다들 손님들뿐,
손님 같은 사람들뿐,

집집마다 간판이 없어
집 찾을 근심이 없어

빨갛게
파랗게
불 붙는 문자도 없이

모퉁이마다
자애로운 헌 와사등에
불을 혀놓고,

손목을 잡으면
다들, 어진 사람들
다들, 어진 사람들

봄, 여름, 가을, 겨울,
순서로 돌아들고.

새로운 길

내를 건너서 숲으로
고개를 넘어서 마을로

어제도 가고 오늘도 갈
나의 길 새로운 길

문들레가 피고 까치가 날고
아가씨가 지나고 바람이 일고

나의 길은 언제나 새로운 길
오늘도…… 내일도……

내를 건너서 숲으로
고개를 넘어서 마을로

태초의 아침

봄날 아침도 아니고
여름, 가을, 겨울,
그런 날 아침도 아닌 아침에

빨──간 꽃이 피어났네,
햇빛이 푸른데,

그 전날 밤에
그 전날 밤에
모든 것이 마련되었네,

사랑은 뱀과 함께
독은 어린 꽃과 함께

또 태초의 아침

하얗게 눈이 덮이었고
전신주가 잉잉 울어
하나님 말씀이 들려온다.

무슨 계시일까.

빨리
봄이 오면
죄를 짓고
눈이
밝어

이브가 해산하는 수고를 다하면
무화과 잎사귀로 부끄런 데를 가리고
나는 이마에 땀을 흘려야겠다.

새벽이 올 때까지

다들 죽어가는 사람들에게
검은 옷을 입히시요.

다들 살어가는 사람들에게
흰옷을 입히시요.

그리고 한 침대에
가즈런히 잠을 재우시요

다들 울거들랑
젖을 먹이시요

이제 새벽이 오면
나팔 소리 들려올 게외다.

십자가

쫓아오든 햇빛인데
지금 교회당 꼭대기
십자가에 걸리었습니다.

첨탑이 저렇게도 높은네
어떻게 올라갈 수 있을까요.

종소리도 들려오지 않는데
휘파람이나 불며 서성거리다가,

괴로웠든 사나이,
행복한 예수 그리스도에게
처럼
십자가가 허락된다면

목아지를 드리우고
꽃처럼 피어나는 피를
어두어가는 하늘 밑에
조용히 흘리겠습니다.

무서운 시간

거 나를 부르는 것이 누구요,

가랑잎 잎파리 푸르러 나오는 그늘인데,
나 아직 여기 호흡이 남아있소.

한 번도 손들어 보지 못한 나를
손들어 표할 하늘도 없는 나를

어디에 내 한 몸 둘 하늘이 있어
나를 부르는 것이오.

일을 마치고 내 죽는 날 아침에는
서럽지도 않은 가랑잎이 떨어질 텐데……

나를 부르지 마오.

바람이 불어

바람이 어디로부터 불어와
어디로 불려가는 것일까,

바람이 부는데
내 괴로움에는 이유가 없다.

내 괴로움에는 이유가 없을까,

단 한 여자를 사랑한 일도 없다.
시대를 슬퍼한 일도 없다.

바람이 자꼬 부는데
내 발이 반석 우에 섰다.

강물이 자꼬 흐르는데
내 발이 언덕 우에 섰다.

슬픈 족속

흰 수건이 검은 머리를 두르고
흰 고무신이 거츤 발에 걸리우다.

흰 저고리 치마가 슬픈 몸집을 가리고
흰 띠가 가는 허리를 질끈 동이다.

눈 감고 간다

태양을 사모하는 아이들아
별을 사랑하는 아이들아
밤이 어두었는데
눈 감고 가거라.

가진바 씨앗을
뿌리면서 가거라.
발뿌리에 돌이 채이거든
감었든 눈을 와짝 떠라.

또 다른 고향

고향에 돌아온 날 밤에
내 백골이 따라와 한방에 누었다.

어둔 방은 우주로 통하고
하늘에선가 소리처럼 바람이 불어온다.

어둠 속에서 곱게 풍화 작용 하는
백골을 드려다보며
눈물짓는 것이 내가 우는 것이냐
백골이 우는 것이냐
아름다운 혼이 우는 것이냐

지조 높은 개는
밤을 새워 어둠을 짖는다.
어둠을 짖는 개는
나를 쫓는 것일 게다.

가자 가자
쫓기우는 사람처럼 가자
백골 몰래
아름다운 또 다른 고향에 가자.

길

잃어버렸습니다.
무얼 어디다 잃었는지 몰라
두 손이 주머니를 더듬어
길에 나아갑니다.

돌과 돌과 돌이 끝없이 연달어
길은 돌담을 끼고 갑니다.

담은 쇠문을 굳게 닫어
길 우에 긴 그림자를 드리우고

길은 아침에서 저녁으로
저녁에서 아침으로 통했습니다.

돌담을 더듬어 눈물짓다
처다보면 하늘은 부끄럽게 푸릅니다.

풀 한 포기 없는 이 길을 걷는 것은
담 저쪽에 내가 남어있는 까닭이고,

내가 사는 것은, 다만,
잃은 것을 찾는 까닭입니다.

별 헤는 밤

계절이 지나가는 하늘에는
가을로 가득 차 있습니다.

나는 아무 걱정도 없이
가을 속의 별들을 다 헤일 듯합니다.

가슴속에 하나둘 새겨지는 별을
이제 다 못 헤는 것은
쉬이 아침이 오는 까닭이오,
내일 밤이 남은 까닭이오,
아직 나의 청춘이 다하지 않은 까닭입니다.

별 하나에 추억과
별 하나에 사랑과
별 하나에 쓸쓸함과

별 하나에 동경과
별 하나에 시와
별 하나에 어머니, 어머니,

어머님, 나는 별 하나에 아름다운 말 한 마디씩 불러
봅니다. 소학교 때 책상을 같이했던 아이들의 이름과,
패, 경, 옥 이런 이국 소녀들의 이름과 벌서 애기 어
머니 된 계집애들의 이름과, 가난한 이웃 사람들의 이
름과, 비둘기, 강아지, 토끼, 노새, 노루, '푸랑시쓰·
쨤' '라이넬·마리아·릴케' 이런 시인의 이름을 불러
봅니다.

이네들은 너무나 멀리 있습니다.
별이 아슬이 멀듯이,

어머님,

그리고 당신은 멀리 북간도에 계십니다.

나는 무엇인지 그리워

이 많은 별빛이 나린 언덕 우에

내 이름자를 써보고,

흙으로 덮어버리었습니다.

따는 밤을 새워 우는 벌레는

부끄러운 이름을 슬퍼하는 까닭입니다.

그러나 겨울이 지나고 나의 별에도 봄이 오면

무덤 우에 파란 잔디가 피어나듯이

내 이름자 묻힌 언덕 우에도

자랑처럼 풀이 무성할 게외다.

Ⅱ

흰 그림자

황혼이 짙어지는 길모금에서
하로 종일 시들은 귀를 가만히 기울이면
땅검의 옮겨지는 발자취 소리,

발자취 소리를 들을 수 있도록
나는 총명했든가요.

이제 어리석게도 모든 것을 깨달은 다음
오래 마음 깊은 속에
괴로워하든 수많은 나를
하나, 둘 제 고장으로 돌려보내면
거리 모퉁이 어둠 속으로
소리 없이 사라지는 흰 그림자,

흰 그림자들

연연히 사랑하든 흰 그림자들,

내 모든 것을 돌려보낸 뒤

허전히 뒷골목을 돌아

황혼처럼 물드는 내 방으로 돌아오면

신념이 깊은 의젓한 양✷처럼

하로 종일 시름없이 풀포기나 뜯자.

사랑스런 추억

봄이 오든 아침, 서울 어느 쪼그만 정차장에서
희망과 사랑처럼 기차를 기다려,

나는 푸라트 · 폼에 간신한 그림자를 털어트리고,
담베를 피웠다.

내 그림자는 담배 연기 그림자를 날리고
비둘기 한 떼가 부끄러울 것도 없이
나래 속을 속 속 햇빛에 비춰, 날었다.

기차는 아무 새로운 소식도 없이
나를 멀리 실어다 주어,

봄은 다 가고—— 동경 교외 어느 조용한
하숙방에서, 옛 거리에 남은 나를 희망과
사랑처럼 그리워한다.

오늘도 기차는 몇 번이나 무의미하게 지나가고,
오늘도 나는 누구를 기다려 정차장 가차운 언덕에서
서성거릴 게다.

—— 아아 젊음은 오래 거기 남아있거라.

흐르는 거리

으스럼히 안개가 흐른다. 거리가 흘러간다. 저 전차, 자동차, 모든 바퀴가 어디로 흘리워가는 것일까? 정박할 아무 항구도 없이, 가련한 많은 사람들을 실고서, 안개 속에 잠긴 거리는,

거리 모퉁이 붉은 포스트 상자를 붙잡고 섰을라면 모든 것이 흐르는 속에 어렴푸시 빛나는 가로등, 꺼지지 않는 것은 무슨 상징일까? 사랑하는 동무 박이여! 그리고 김이여! 자네들은 지금 어디 있는가? 끝없이 안개가 흐르는데,

「새로운 날 아침 우리 다시 정답게 손목을 잡어보세」 몇 자 적어 포스트 속에 떨어트리고, 밤을 새워 기다리면 금휘장에 금단추를 삐었고 거인처럼 찬란히 나타나는 배달부, 아침과 함께 즐거운 내임來臨,

이 밤을 하염없이 안개가 흐른다.

봄

봄이 혈관 속에 시내처럼 흘러
돌, 돌, 시내 가차운 언덕에
개나리, 진달래, 노오란 배추꽃

삼동三冬을 참어온 나는
풀포기처럼 피어난다.

즐거운 종달새야
어느 이랑에서 즐거웁게 솟쳐라.

푸르른 하늘은
아른아른 높기도 한데……

쉽게 씨워진 시

창밖에 밤비가 속살거려
육첩방은 남의 나라,

시인이란 슬픈 천명인 줄 알면서도
한 줄 시를 적어볼가,

땀내와 사랑내 포근히 품긴
보내주신 학비 봉투를 받아

대학노──트를 끼고
늙은 교수의 강의 들으러 간다.

생각해보면 어린 때 동무를
하나, 둘, 죄다 잃어버리고

나는 무얼 바라
나는 다만, 홀로 침전하는 것일가?

인생은 살기 어렵다는데
시가 이렇게 쉽게 씨워지는 것은
부끄러운 일이다.

육첩방은 남의 나라
창밖에 밤비가 속살거리는데,

등불을 밝혀 어둠을 조곰 내몰고,
시대처럼 올 아침을 기다리는 최후의 나,

나는 나에게 적은 손을 내밀어
눈물과 위안으로 잡는 최초의 악수.

Ⅲ

참회록

파란 녹이 낀 구리거울 속에
내 얼굴이 남어있는 것은
어느 왕조의 유물이기에
이다지도 욕될가

나는 나의 참회의 글을 한 줄에 주리자
——만 이십사 년 일 개월을
　　무슨 기쁨을 바라 살아왔든가

내일이나 모레나 그 어느 즐거운 날에
나는 또 한 줄의 참회록을 써야 한다.
——그때 그 젊은 나이에
　　웨 그런 부끄런 고백을 했든가

밤이면 밤마다 나의 거울을
손바닥으로 발바닥으로 닦어보자.

그러면 어느 운석 밑으로 홀로 걸어가는
슬픈 사람의 뒷모양이
거울 속에 나타나온다.

간 肝

바닷가 햇빛 바른 바위 우에
습한 간을 펴서 말리우자,

코카사쓰 산중에서 도망해온 토끼처럼
둘러리를 빙빙 돌며 간을 지키자,

내가 오래 기르든 여윈 독수리야!
와서 뜯어 먹어라, 시름없이

너는 살지고
나는 여위여야지, 그러나,

거북이야!
다시는 용궁의 유혹에 안 떨어진다.

푸로메디어쓰[1] 불상한 푸로메디어쓰
불 도적한 죄로 목에 맷돌을 달고
끝없이 침전하는 푸로메디어쓰.

1. 프로메테우스.

위 로

거미란 놈이 흉한 심보로 병원 뒷뜰 난간과 꽃밭 사
이 사람 발이 잘 닿지 않는 곳에 그물을 쳐놓았다. 옥
외 요양을 받는 젊은 사나이가 누어서 치어다 보기
바르게——

나비가 한 마리 꽃밭에 날아들다 그물에 걸리었다.
노—란 날개를 파득거려도 파득거려도 나비는 자꾸
감기우기만 한다. 거미가 쏜살같이 가더니 끝없는 끝
없는 실을 뽑아 나비의 온몸을 감아버린다. 사나이는
긴 한숨을 쉬었다.

나이보담 무수한 고생 끝에 때를 잃고 병을 얻은 이
사나이를 위로할 말이——거미줄을 헝클어버리는 것
밖에 위로의 말이 없었다.

팔 복八福

마태복음 오장 삼—십이

슬퍼하는 자는 복이 있나니
슬퍼하는 자는 복이 있나니
슬퍼하는 자는 복이 있나니
슬퍼하는 자는 복이 있나니
슬퍼하는 자는 복이 있나니
슬퍼하는 자는 복이 있나니
슬퍼하는 자는 복이 있나니
슬퍼하는 자는 복이 있나니

저희가 영원히 슬플 것이오.

못 자는 밤

하나, 둘, 셋, 넷
....
밤은
많기도 하다.

달같이

연륜이 자라듯이
달이 자라는 고요한 밤에
달같이 외로운 사랑이
가슴 하나 뻐근히
연륜처럼 피어나간다.

고추밭

시들은 잎새 속에서
고 빠알간 살을 드러내놓고,
고추는 방년^{芳年} 된 아가씬 양
땡볕에 자꼬 익어간다.

할머니는 바구니를 들고
밭머리에서 어정거리고
손가락 너어는 아이는
할머니 뒤만 따른다.

아우의 인상화

붉은 이마에 싸늘한 달이 서리어
아우의 얼굴은 슬픈 그림이다.

발걸음을 멈추어
살그머니 애딘 손을 잡으며
「늬는 자라 무엇이 되려니」
「사람이 되지」
아우의 설은 진정코 설은 대답이다.

슬며시 잡았든 손을 놓고
아우의 얼굴을 다시 들여다본다.

싸늘한 달이 붉은 이마에 젖어
아우의 얼골은 슬픈 그림이다.

사랑의 전당

순아 너는 내 전殿에 언제 들어왔든 것이냐?
내사 언제 네 전에 들어갔든 것이냐?

우리들의 전당은
고풍한 풍습이 어린 사랑의 전당

순아 암사슴처럼 수정 눈을 나려감어라.
난 사자처럼 엉크린 머리를 고루련다.
우리들의 사랑은 한낱 벙어리었다.

성스런 촛대에 열한 불이 꺼지기 전
순아 너는 앞문으로 내달려라.

어둠과 바람이 우리 창에 부닥치기 전
나는 영원한 사랑을 안은 채
뒷문으로 멀리 사라지련다.

이제 네게는 삼림 속의 아늑한 호수가 있고
내게는 험준한 산맥이 있다.

이 적異蹟

발에 터부한 것을 다 빼어바리고
황혼이 호수 우로 걸어오듯이
나도 삽분삽분 걸어보리이까?

내사 이 호수가로
부르는 이 없이
불리워온 것은
참말 이적이외다.

오늘따라
연정, 자홀自惚, 시기, 이것들이
자꼬 금메달처럼 만져지는구려

하나, 내 모든 것을 여념 없이
물결에 씻어 보내려니
당신은 호면으로 나를 불러내소서.

비 오는 밤

솨—— 철석! 파도 소리 문살에 부서져
잠 살포시 꿈이 흐터진다.

잠은 한낱 검은 고래 떼처럼 살래어,
달랠 아무런 재주도 없다.

불을 밝혀 잠옷을 정성스리 여미는
삼경.
염원.

동경의 땅 강남에 또 홍수 질 것만 싶어,
바다의 향수보다 더 호젓해진다.

산골 물

괴로운 사람아 괴로운 사람아
옷자락 물결 속에서도
가슴속 깊이 돌돌 샘물이 흘러
이 밤을 더부러 말할 이 없도다.
거리의 소음과 노래 부를 수 없도다.
그신 듯이 냇가에 앉았으니
사랑과 일을 거리에 매끼고
가만히 가만히
바다로 가자,
바다로 가자.

유 언

후어—ㄴ한 방에
유언은 소리 없는 입놀림.

    바다에 진주 캐려 갔다는 아들
    해녀와 사랑을 속사긴다는 맏아들
    이 밤에사 돌아오나 내다봐라——

평생 외롭든 아버지의 운명
감기우는 눈에 슬픔이 어린다.

외딴집에 개가 짖고
휘양찬 달이 문살에 흐르는 밤.

바 다

실어다 뿌리는
바람조차 씨원타.

솔나무 가지마다 샛춤히
고개를 돌리어 뼈들어지고,

밀치고
밀치운다.

이랑을 넘는 물결은
폭포처럼 피어오른다.

해변에 아이들이 모인다.
찰찰 손을 씻고 구보로.

바다는 자꾸 섧어진다.
갈매기의 노래에………

돌아다보고 돌아다보고
돌아가는 오늘의 바다여!

창

쉬는 시간마다
나는 창 녘으로 갑니다.

──창은 산 가르침.

이글이글 불을 피워주소,
이 방에 찬 것이 서럽니다.

단풍잎 하나
맴도나 보니
아마도 작으마한 선풍이 인 게외다.

그래도 싸느란 유리창에
햇살이 쨍쨍한 무렵,
상학종上學鐘이 울어만 싶습니다.

비로봉

만상을
굽어보기란——

무릎이
오들오들 떨린다.

백화
어려서 늙었다.

새가
나비가 된다.

정말 구름이
비가 된다.

옷자락이
칩다.

산협의 오후

내 노래는 오히려
싫은 산울림.

골자기 길에
떨어진 그림자는
너무나 슬프구나

오후의 명상은
아— 졸려.

명 상

가츨가츨한 머리칼은 오막사리 처마 끝,
쉬파람에 콧마루가 서운한 양 간질키오.

들창 같은 눈은 가볍게 닫혀
이 밤에 연정은 어둠처럼 골골히 스며드오.

소낙비

번개, 뇌성, 왁자지근 뚜다려
머—ㄴ 도회지에 낙뢰가 있어만 싶다.

벼루짱 엎어논 하늘로
살 같은 비가 살처럼 쏟아진다.

손바닥만 한 나의 정원이
마음같이 흐린 호수 되기 일수다.

바람이 팽이처럼 돈다.
나무가 머리를 이루잡지 못한다.

내 경건한 마음을 모셔드려
노아 때 하늘을 한 모금 마시다.

풍 경

봄바람을 등진 초록빛 바다
쏟아질 듯 쏟아질 듯 위태롭다.

잔주름 치마폭의 두둥실거리는 물결은,
오스라질 듯 한끝 경쾌롭다.

마스트 끝에 붉은 기ㅅ발이
여인의 머리칼처럼 나부낀다.

☆   ☆

이 생생한 풍경을 앞세우며 뒤세우며
외─ㄴ 하로 거닐고 싶다.

── 우중충한 오월 하늘 아래로,
── 바다빛 포기포기에 수놓은 언덕으로.

한난계 寒暖計

싸늘한 대리석 기둥에 목아지를 비틀어 맨 한난계,
문득 들여다볼 수 있는 운명한 오 척 육 촌의 허리 가는
수은주,
마음은 유리관보다 맑소이다.

혈관이 단조로워 신경질인 여론동물輿論動物,
가끔 분수 같은 냉소冷침을 억지로 삼키기에
정력을 낭비합니다.

영하로 손구락질할 수돌네 방처럼 치운 겨울보다
해바라기 만발한 팔월 교정이 이상곺소이다.
피 끓을 그날이——

어제는 막 소낙비가 퍼붓더니 오늘은 좋은 날세올시다.
동저고리 바람에 언덕으로, 숲으로 하시구려——
이렇게 가만가만 혼자서 귓속 이야기를 하였습니다.
나는 또 내가 모르는 사이에——

나는 아마도 진실한 세기의 계절을 따라——
하늘만 보이는 울타리 안을 뛰쳐,
역사 같은 포지슌을 지켜야 봅니다.

달 밤

흐르는 달의 흰 물결을 밀쳐
여윈 나무 그림자를 밟으며
북망산을 향한 발걸음은 무거웁고
고독을 반려(伴侶)한 마음은 슬프기도 하다.

누가 있어만 싶은 묘지엔 아무도 없고,
정적만이 군데군데 흰 물결에 폭 젖었다.

장

이른 아침 아낙네들은 시들은 생활을
바구니 하나 가득 담아 이고……
업고 지고…… 안고 들고……
모여드오 자꾸 장에 모여드오.

가난한 생활을 골골이 버려놓고
밀려가고 밀려오고……
제마다 생활을 외치오…… 싸우오.

왼 하로 올망졸망한 생활을
되질하고 저울질하고 자질하다가
날이 저물어 아낙네들이
쓴 생활과 바꾸어 또 이고 돌아가오.

밤

오양간 당나귀
아—ㅇ 외마디 울음 울고,

당나귀 소리에
으—아 아 애기 소스라처 깨고,

등잔에 불을 다오.

아버지는 당나귀에게
짚을 한 키 담아주고,

어머니는 애기에게
젖을 한 모금 먹이고,

밤은 다시 고요히 잠드오.

아 침

휙, 휙, 휙,
소꼬리가 부드러운 채찍질로
어둠을 쫓아,
캄, 캄, 어둠이 깊다 깊다 밝으오.

이제 이 동리洞里의 아침이
풀살 오른 소 엉덩이처럼 푸르오.
이 동리 콩죽 먹은 사람들이
땀물을 뿌려 이 여름을 길렀오.
잎, 잎, 풀잎마다 땀방울이 맺혔오.

구김살 없는 이 아침을
심호흡하오 또 하오.

황혼이 바다가 되어

하로도 검푸른 물결에
흐느적 잠기고…… 잠기고……

저— 왼 검은 고기 떼가
물든 바다를 날아 횡단할고.

낙엽이 된 해초
해초마다 슬프기도 하오.

서창西窓에 걸린 해말간 풍경화.
옷고름 너어는 고아의 서름.

이제 첫 항해 하는 마음을 먹고
방바닥에 나딩구오…… 딩구오……

황혼이 바다가 되어

오늘도 수많은 배가

나와 함께 이 물결에 잠겼을 게오.

꿈은 깨어지고

잠은 눈을 떴다
그윽한 유무幽霧에서.

노래하든 종달이
도망쳐 날아나고,

지난날 봄 타령하든
금잔디밭은 아니다.

탑은 무너졌다.
붉은 마음의 탑이——

손톱으로 새긴 대리석 탑이——
하로 저녁 폭풍에 여지없이도,

오오 황폐의 쑥밭,
눈물과 목메임이여!

꿈은 깨어졌다
탑은 무너졌다.

산 림

시계가 자근자근 가슴을 따려
불안한 마음을 산림이 부른다.

천년 오래인 연륜에 짜들은 유암幽暗한 산림이,
고달픈 한 몸을 포옹할 인연을 가졌나 보다.

산림의 검은 파동 우으로부터
어둠은 어린 가슴을 짓밟고

이파리를 흔드는 저녁바람이
쇄— 공포에 떨게 한다.

멀리 첫여름의 개고리 재질댐에
흘러간 마을의 과거는 아질타.

나무 틈으로 반짝이는 별만이
새날의 희망으로 나를 이끈다.

이런 날

사이좋은 정문의 두 돌기둥 끝에서
오색기와 태양기가 춤을 추는 날,
금을 그은 지역의 아이들이 즐거워하다.

아이들에게 하로의 건조한 학과로
해말간 권태가 깃들고
'모순矛盾' 두 자를 이해치 못하도록
머리가 단순하였구나.

이런 날에는
잃어버린 완고하던 형을
부르고 싶다.

산 상山上

거리가 바둑판처럼 보이고,
강물이 배암의 새끼처럼 기는
산 우에까지 왔다.
아직쯤은 사람들이
바둑돌처럼 버려있으리라.

한나절의 태양이
함석지붕에만 비치고,
굼벙이 걸음을 하는 기차가

정거장에 섰다가 검은 내를 토하고
또 걸음발을 탄다.

텐트 같은 하늘이 무너져
이 거리를 덮을가 궁금하면서
좀 더 높은 데로 올라가고 싶다.

양지쪽

저쪽으로 황토 실은 이 땅 봄바람이
호인의 물레바퀴처럼 돌아 지나고

아롱진 사월 태양의 손길이
벽을 등진 섧은 가슴마다 올올히 만진다.

지도째기 놀음에 뉘 땅인 줄 모르는 애 둘이
한 뼘 손가락이 짧음을 한함이여.

아서라! 가뜩이나 엷은 평화가
깨어질까 근심스럽다.

닭

한 간 계사_{鷄舍} 그 너머 창공이 깃들어
자유의 향토를 잊은 닭들이
시들은 생활을 주잘대고
생산의 고로를 부르짖었다.

음산한 계사에서 쏠려 나온
외래종 레구홍,
학원에서 새무리가 밀려 나오는
삼월의 맑은 오후도 있다.

닭들은 녹아드는 두엄을 파기에
아담한 두 다리가 분주하고
굶주렸든 주두리가 바즈런하다.
두 눈이 붉게 여므도록——

가슴 1

소리 없는 북,
답답하면 주먹으로
뚜다려보오.

그래 봐도
후——
가아는 한숨보다 못하오.

가슴 2

불 꺼진 화독을
안고 도는 겨울밤은 깊었다.

재만 남은 가슴이
문풍지 소리에 떤다.

비둘기

안아보고 싶게 귀여운
산비둘기 일곱 마리
하늘 끝까지 보일 듯이 맑은 공일날 아침에
벼를 거두어 빤빤한 논에
앞을 다투어 모이를 주으며
어려운 이야기를 주고받으오

날신한 두 나래로 조용한 공기를 흔들어
두 마리가 나오
집에 새끼 생각이 나는 모양이오.

황 혼

햇살은 미닫이 틈으로
길죽한 일 자 —字를 쓰고…… 지우고……

까마귀 떼 지붕 우으로
둘, 둘, 셋, 넷, 자꼬 날아 지난다.
쑥쑥, 꿈틀꿈틀 북쪽 하늘로,

내사………
북쪽 하늘에 나래를 펴고 싶다.

남쪽 하늘

제비는 두 나래를 가지었다.
시산한 가을날——

어머니의 젖가슴이 그리운
서리 나리는 저녁——
어린 영靈은 쪽나래의 향수를 타고
남쪽 하늘에 떠돌 뿐——

창 공

그 여름날
열정의 포푸라는
오려는 창공의 푸른 젖가슴을
어루만지려
팔을 펼쳐 흔들거렸다.
끓는 태양 그늘 좁다란 지점에서
천막 같은 하늘 밑에서
떠들던, 소나기
그리고 번개를,
춤추든 구름은 이끌고
남방으로 도망하고,
높다랗게 창공은 한 폭으로
가지 우에 퍼지고
둥근 달과 기러기를 불러왔다.

푸드른 어린 마음이 이상에 타고,

그의 동경의 날 가을에

조락의 눈물을 비웃다.

거리에서

달밤의 거리
광풍이 휘날리는
북국의 거리
도시의 진주
전등 밑을 헤염치는
조그만 인어 나,
달과 전등에 비쳐
한 몸에 둘셋의 그림자,
커졌다 작아졌다.

괴롬의 거리
재색빛 밤거리를
걷고 있는 이 마음
선풍旋風이 일고 있네
외로우면서도
한 갈피 두 갈피
피어나는 마음의 그림자,
푸른 공상이
높아졌다 낮아졌다.

삶과 죽음

삶은 오늘도 죽음의 서곡을 노래하였다.
이 노래가 언제나 끝나랴

세상 사람은
뼈를 녹여내는 듯한 삶의 노래에
춤을 춘다.
사람들은 해가 넘어가기 전
이 노래 끝의 공포를
생각할 사이가 없었다.

하늘 복판에 알 새기듯이
이 노래를 부른 자가 누구뇨

그리고 소낙비 그친 뒤같이도
이 노래를 그친 자가 누구뇨

죽고 뼈만 남은
죽음의 승리자 위인들!

초 한 대

초 한 대——
내 방에 품긴 향내를 맡는다.

광명의 제단이 무너지기 전
나는 깨끗한 제물을 보았다.

염소의 갈비뼈 같은 그의 몸,
그의 생명인 심지까지
백옥 같은 눈물과 피를 흘려
불살려버린다.

그리고도 책상머리에 아롱거리며
선녀처럼 촛불은 춤을 춘다.

매를 본 꿩이 도망하듯이
암흑이 창구멍으로 도망한
나의 방에 품긴
제물의 위대한 향내를 맛보노라.

빨 래

빨래줄에 두 다리를 드리우고
흰 빨래들이 귓속 이야기 하는 오후,

쨍쨍한 칠월 햇발은 고요히도
아담한 빨래에만 달린다.

IV

산울림

까치가 울어서
산울림,
아무도 못 들은
산울림.

까치가 들었다.
산울림,
저 혼자 들었다.
산울림.

해바라기 얼굴

누나의 얼굴은
  해바라기 얼굴
해가 금방 뜨자
  일터에 간다.

해바라기 얼굴은
  누나의 얼굴
얼굴이 숙어들어
  집으로 온다.

귀뜨라미와 나와

귀뜨라미와 나와
잔디밭에서 이야기했다.

귀뜰귀뜰
귀뜰귀뜰

아무게도 아르켜주지 말고
우리 둘만 알자고 약속했다.

귀뜰귀뜰
귀뜰귀뜰

귀뜨라미와 나와
달 밝은 밤에 이야기했다.

애기의 새벽

우리 집에는
닭도 없단다.
다만
애기가 젖 달라 울어서
새벽이 된다.

우리 집에는
시계도 없단다.
다만
애기가 젖 달라 보채어
새벽이 된다.

햇빛 · 바람

손가락에 침 발러
쏘옥, 쏙, 쏙.
장에 가는 엄마 내다보려
문풍지를
쏘옥, 쏙, 쏙,

아침에 햇빛이 빤짝,

손가락에 침발러
쏘옥, 쏙, 쏙,
장에 가신 엄마 돌아오나
문풍지를
쏘옥, 쏙, 쏙,

저녁에 바람이 솔솔.

반디불

가자 가자 가자
숲으로 가자
달 조각을 주으려
숲으로 가자.

　그믐밤 반디불은
　부서진 달 조각,

가자 가자 가자
숲으로 가자
달 조각을 주으려
숲으로 가자.

둘 다

바다도 푸르고
하늘도 푸르고

바다도 끝없고
하늘도 끝없고

바다에 돌 던지고
하늘에 침 뱉고

바다는 벙글
하늘은 잠잠.

거짓부리

똑, 똑, 똑,
문 좀 열어주세요
하루밤 자고 갑시다.
　밤은 깊고 날은 추운데
　거 누굴까?
문 열어주고 보니
검둥이의 꼬리가
거짓부리한걸.

꼬기요, 꼬기요,
달걀 낳았다.
간난아 어서 집어 가거라
　간난이 뛰어가 보니
　달걀은 무슨 달걀,
고놈의 암탉이
대낮에 새빨간
거짓부리한걸.

눈

지난밤에
눈이 소오복이 왔네

지붕이랑
길이랑 밭이랑
추워한다고
덮어주는 이불인가 바

그러기에
추운 겨울에만 나리지

참 새

가을 지난 마당은 하이얀 종이
참새들이 글씨를 공부하지요.

째액째액 입으로 받아읽으며
두 발로는 글씨를 연습하지요.

하로 종일 글씨를 공부하여도
쨱 자 한 자밖에는 더 못 쓰는걸.

버선본

어머니
누나 쓰다 버린 습자지는
두었다간 뭣에 쓰나요?

그런 줄 몰랐드니
습자지에다 내 버선 놓고
가위로 오려
버선본 만드는걸.

어머니
내가 쓰다 버린 몽당연필은
두었다간 뭣에 쓰나요?

그런 줄 몰랐드니
천 우에다 버선본 놓고
침 발려 점을 찍곤
내 버선 만드는걸.

편 지

누나!
이 겨울에도
눈이 가득히 왔습니다.

흰 봉투에
눈을 한 줌 넣고
글씨도 쓰지 말고
우표도 붙이지 말고
말숙하게 그대로
편지를 부칠가요?

누나 가신 나라엔
눈이 아니 온다기에.

봄

우리 애기는
아래 발치에서 코올코올,

고양이는
부뜨막에서 가릉가릉,

애기 바람이
나뭇가지에서 소올소올,

아저씨 햇님이
하늘 한가운데서 째앵째앵.

무얼 먹고 사나

바닷가 사람
물고기 잡아먹고 살고

산골엣 사람
감자 구어 먹고 살고

별나라 사람
무얼 먹고 사나.

굴 뚝

산골작이 오막사리 낮은 굴뚝엔
몽기몽기 웨인 연기 대낮에 솟나,

감자를 굽는 게지 총가 애들이
깜박깜박 검은 눈이 모여 앉아서
입술에 꺼멓게 숯을 바르고
옛이야기 한 커리에 감자 하나씩.

산골작이 오막사리 낮은 굴뚝엔
살랑살랑 솟아나네 감자 굽는 내.

햇 비

아씨처럼 나린다
보슬보슬 해ㅅ비
맞아주자 다 같이
　　옥수숫대처럼 크게
　　닷자 엿자 자라게
　　햇님이 웃는다
　　나 보고 웃는다.

하늘다리 놓였다
알롱알롱 무지개
노래하자 즐겁게
　　동무들아 이리 오나
　　다 같이 춤을 추자
　　햇님이 웃는다
　　즐거워 웃는다.

빗자루

요오리 조리 베면 저고리 되고
이이렇게 베면 큰 총 되지.
　　누나하고 나하고
　　가위로 종이 쏠았더니
　　어머니가 빗자루 들고
　　누나 하나 나 하나
　　엉덩이를 때렸소
　　방바닥이 어지럽다고——

　　아아니 아니
　　고놈의 빗자루가
　　방바닥 쓸기 싫으니
　　그랬지 그랬어
패씸하여 벽장 속에 감췄드니
이튿날 아침 빗자루가 없다고
어머니가 야단이지요.

기왓장 내외

비 오는 날 저녁에 기왓장 내외
잃어버린 외아들 생각나선지
꼬부라진 잔등을 어루만지며
쭈룩쭈룩 구슬피 울음 웁니다.

대궐 지붕 위에서 기왓장 내외
아름답든 옛날이 그리워선지
주름 잡힌 얼굴을 어루만지며
물끄럼히 하늘만 쳐다봅니다.

오줌싸개 지도

빨래줄에 걸어논
   요에다 그린 지도
지난밤에 내 동생
   오줌 싸 그린 지도

꿈에 가본 엄마 계신
   별나라 지돈가?
돈 벌러 간 아빠 계신
   만주땅 지돈가?

병아리

「뾰, 뾰, 뾰
엄마 젖 좀 주」
병아리 소리.

「꺽, 꺽, 꺽,
오냐 좀 기다려」
엄마 닭 소리.

좀 있다가
병아리들은
엄마 품속으로
다 들어갔지요.

조개껍질

아롱아롱 조개껍대기
울 언니 바다가에서
주어 온 조개껍대기

여긴 여긴 북쪽나라요
조개는 귀여운 선물
장난감 조개껍대기

데굴데굴 굴리며 놀다
짝 잃은 조개껍대기
한짝을 그리워하네

아롱아롱 조개껍대기
나처럼 그리워하네
물소리 바다 물소리.

겨 울

처마 밑에
시래기 다래미
바삭바삭
추어요.

길바닥에
말똥 동그램이
달랑달랑
얼어요.

윤동주

1917~1945

어릴 때 이름은 '해처럼 빛나라.'는 뜻의 '해환'이었
다. 중학교에 입학하며 본격적으로 시인의 꿈을 꾼 그
는 처음에는 다소 관념적인 시를 쓰다가 정지용의 시
를 만나면서 소박하고 쉬운 언어로 진솔한 감정을 표
현하게 되었다. 의대에 진학하길 강권한 아버지와 대
립하면서까지 연희전문학교 문과에 진학했고 학교
를 졸업하던 해, 자신의 시를 시집으로 엮었으나 출판
은 성사되지 않았다. 졸업 후 일본으로 건너간 윤동주
는 도쿄 릿쿄대학을 거쳐 교토 도시샤대학 영문과에
서 공부했다. 1943년 여름, 방학을 맞아 고향으로 돌
아가기 직전 치안유지법 위반죄로 일본 경찰에 체포

되었고 후쿠오카 형무소에서 복역하다가 건강이 악화되어 1945년 2월 16일 세상을 떠났다. 2년 뒤 그의 유작인『쉽게 씨워진 시』가 정지용의 소개로 경향신문에 게재되었고, 1948년 1월 필사본 시집에 실린 시와 벗이 보관하고 있던 시를 모은 유고 시집『하늘과 바람과 별과 시』가 출판되었다.

하늘과 바람과 별과 시
윤동주 시집

2017년 1월 15일 1판 1쇄 발행
2024년 7월 1일 1판 6쇄 발행
지 은 이 윤동주
발 행 인 이상영
편 집 장 서상민
편 집 인 한성옥, 이다인, 이경은
디 자 인 서상민, 오소명
마 케 팅 박진솔
퍼 낸 곳 디자인이음
등 록 일 2009년 2월 4일:제300-2009-10호
주   소 서울시 종로구 효자동 62
전   화 02-723-2556
메   일 designeum@naver.com
blog.naver.com/designeum
instagram.com/design_eum